A Denise

Les
de Biscotte
Mulotte

**texte de
Anne-Marie Chapouton**

**illustrations de
Martine Bourre**

Castor Poche
Flammarion

© 1985 Père Castor Flammarion pour le texte et l'illustration
© 1992 Castor Poche Flammarion pour la présente édition
Imprimé en France - ISBN : 2-08-162932-1 - ISSN : 0993-7897

Un matin,
la maîtresse a trouvé
une lettre sur son bureau.

Chers enfants,

Je m'appelle Biscotte.
Je suis une mulotte et j'habite
dans le mur de votre classe.
L'entrée de mon trou est juste
sous l'armoire.
Souvent, je vous regarde et je
vous écoute pendant la classe.
Et la nuit, quand tout le monde
est parti, je sors et je me promène
sur les bureaux.
Mais je ne fais pas de crottes,
c'est promis : ça donnerait trop
de travail après pour la dame qui
nettoie.
Ecrivez-moi, et mettez l'enveloppe
près de l'armoire.

Bisous moustachus,

Biscotte Mulotte.

Les enfants crient de joie quand la maîtresse leur lit la lettre. Ils se précipitent à quatre pattes près de l'armoire. Ils voient le petit trou. Ils crient très fort tous ensemble :
– Biscotte Mulotte !
Hou hou ! Réponds-nous !

Mais il n'y a pas
de réponse.

Alors, les enfants disent :
– Il faut écrire à Mulotte ! Il faut écrire à Biscotte ! Maîtresse, Maîtresse, écris ce qu'on te dit.
– Dis-lui que je l'aime cette Biscotte !
– Maîtresse, dis-lui que mon pépé m'a donné un petit chien !
– Dis-lui que je sais faire du vélo sans les petites roues !
– Demande-lui si elle écrit avec ses griffes !

Et la maîtresse prend un crayon et un papier, en disant :
– Pas tous à la fois !

Et elle se met à écrire ce que disent les enfants.

Et puis après, on pose la lettre devant le trou.

Le lendemain, Mulotte a répondu : il y a une autre lettre sur le bureau.

On s'assied par terre sur le petit tapis, et la maîtresse lit la lettre.

Mulotte raconte qu'elle habite dans le grand tuyau à côté de la cheminée. Qu'elle a un papa, une maman, et aussi un oncle Molette qui vit avec eux, et qui est très grognon.

Et puis elle leur dit qu'elle n'écrit pas avec ses griffes, parce que ça ne serait pas pratique. Elle a trouvé un stylo à bille par terre dans la cour, et elle le serre très fort entre ses pattes. Elle écrit très lentement, mais ça marche !

Les enfants lui répondent en lui envoyant dans une enveloppe un gros paquet de dessins.

Le lendemain, il n'y a pas de réponse. La lettre a bien disparu, mais Biscotte n'a pas répondu. Le jour suivant non plus. Les enfants sont bien déçus.

Alors, en attendant, ils fabriquent une boîte aux lettres pour la Mulotte : c'est une pochette en papier punaisée au mur, à côté de l'armoire.

Pas trop haut, bien sûr, pour que Biscotte n'ait pas à se fatiguer à grimper.

Sur la pochette, les enfants font plein de décorations avec des papiers de couleur qui collent. Dessus, la maîtresse a écrit :

biscotte mulotte.

Les jours passent.

Et un matin de décembre, les enfants rentrent dans la classe en soufflant sur leurs doigts rouges. Là, dans la boîte aux lettres, il y a une lettre : Biscotte a répondu.

– Vite, vite, Maîtresse, lis, lis !

Mes chers petits amis,

J'ai été malade avec une angine. Maman m'a soignée. Maintenant, ça va mieux.

Vous voulez savoir comment je fais pour vous écrire ? Eh bien, souvent, quand la maîtresse écrit au tableau, moi, je regarde par mon petit trou. Et comme ça, j'ai appris à écrire et à lire.
Mais n'essayez pas de m'apercevoir par mon trou. Je suis très très timide. Le premier jour, vous m'avez fait peur en criant si fort.

J'ai eu des battements de cœur.
 Merci pour la boîte aux lettres,
elle est très belle.
Et aussi pour les dessins. Mais faites-
moi des lettres et des dessins petits :
sinon je dois tout plier pour
le rentrer dans mon trou.

Bisous moustachus,

Biscotte Mulotte.

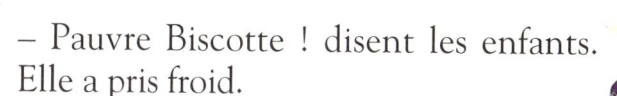

– Pauvre Biscotte ! disent les enfants. Elle a pris froid.

Alors ils s'amusent à lui faire des tas de petits habits en papier de couleur. Des manteaux, des chapeaux, et même des petites bottes. Ça la fera rire, la Mulotte !

Et puis ils mettent les petits habits dans une enveloppe, et ils font écrire à la maîtresse :

« C'est pour toi, Biscotte, pour bien t'habiller et pour te faire rigoler. »

Le lendemain matin, l'enveloppe n'est plus là. Biscotte l'a prise.

À l'heure du goûter, les enfants...

... déposent de petites miettes de leur goûter, et ils disent doucement devant le trou :
– C'est pour toi, Biscotte.

Le lundi matin, les enfants sont bien étonnés : Biscotte n'a pas encore répondu.

Ils lui avaient fait des cadeaux de dessins et de morceaux de biscuits. Et c'est malpoli de ne pas répondre pour leur dire merci.

Un enfant s'aplatit pour regarder sous l'armoire et il appelle, pas trop fort :
– Biscotte, pourquoi tu ne réponds pas ? on t'a fait des cadeaux d'habits, et tout ça et...

Mais il s'arrête et se met à crier :
– Maîtresse, Maîtresse, le trou de Mulotte ! Le trou de Biscotte ! On l'a bouché.
– Pas possible, dit la maîtresse.
Et elle s'aplatit par terre aussi, pour regarder.

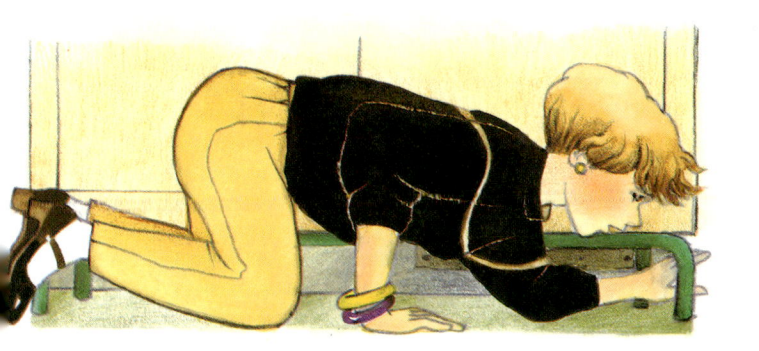

Ah ! Malheur !

C'est l'électricien. Il a arrangé les fils, et il les a recouverts avec une grosse planche le long du mur.

Juste là où il ne fallait pas.

Les enfants crient :
– Biscotte ! T'en fait pas ! On va te sauver la vie ! N'aie pas peur !

Ils veulent tout arracher. Ils veulent aller chercher l'électricien, le maire, les pompiers.

Mais la maîtresse leur dit :
– Attendez ! Laissez-moi faire.

Elle tire un peu sur la planche. Et puis un peu encore. Petit à petit, elle arrive à l'écarter du mur.
– Voilà. Ne disons rien à personne. Il ne faudrait pas fâcher l'électricien. Nous verrons bien si Biscotte arrive encore à se glisser. Attendons jusqu'à demain.

Le lendemain, merveille :
il y a une lettre de Biscotte :

Mes chers petits amis,

Comme j'ai eu peur de ne plus pouvoir aller dans votre classe ! Je vous ai entendu me crier : "On va te sauver la vie, Biscotte". Vous avez très bien écarté la planche et maintenant, je peux passer.

Vous savez, les mulottes, ça s'aplatit presque comme une galette et ça passe un peu partout.

Je ne vous ai pas encore raconté
que souvent, avec mes parents
(et l'oncle Molette grognon),
nous sortons par le toit en haut,
et nous allons nous promener
dans le village.

J'ai une cousine, qui s'appelle Tartine,
et qui habite dans le clocher.
Pas celui de l'église, mais celui
de la vieille pendule, qu'on appelle
la boîte à sel.

J'aime bien aller voir Tartine. Mais ces jours-ci, je ne sors pas : j'ai encore attrapé un rhume et je me mouche et j'éternue toute la journée.

Bisous moustachus,

Biscotte Mulotte.

Quand les enfants répondent à Biscotte, ils décident avec la maîtresse de lui faire une surprise : des petits mouchoirs en papier découpés bien carrés, avec des dessins dessus. Ou des lignes de toutes les couleurs. Ou des petits carreaux.

Chaque enfant fait un mouchoir. Il y en a qui en font même deux.

Et puis, comme il fait très beau, ils vont se promener, comme les mulots, dans le village, avec la maîtresse.

De loin, ils voient la boîte à sel. Ils s'approchent, le plus près possible. Ils essaient de voir Tartine. Ils appellent :
– Tartine, Tartine...

Mais elle ne répond pas. Peut-être qu'elle est enrhumée elle aussi.

Deux enfants crient :
— Je l'ai vue, je crois que je l'ai vue !
Mais les autres se dévissent le cou et ne voient rien.

Quelques jours plus tard, Biscotte leur écrit pour les remercier des mouchoirs.

Mes chers petits amis chéris,

Les mouchoirs m'ont fait très plaisir, et m'ont beaucoup servi. Surtout parce que j'ai fait une grosse bêtise et que l'oncle Molette m'a filé une grosse fessée et que j'ai pleuré pendant quatre heures.
Est-ce que vous faites des bêtises vous aussi ?

Bisous moustachus,

Biscotte Mulotte.

29

Oh là là ! Oui ! Eux aussi, ils en font des bêtises! Ils répondent tous ensemble et la maîtresse a tout juste le temps d'écrire :
– Moi, je mets toutes les couvertures par terre.
– Moi, des fois, je fais pipi au lit.
– Moi, j'ai cassé une assiette.
– Moi, j'ai cassé mon vélo. Et puis je veux jamais aller au lit.
– Moi, je vide tous mes jouets et je joue pas.
– Moi, la nuit, je fais pas de bêtises...

Et puis aussi, ils disent à Biscotte de faire attention à Angelo, le chat de l'école, des fois qu'il se promènerait la nuit dans la classe.

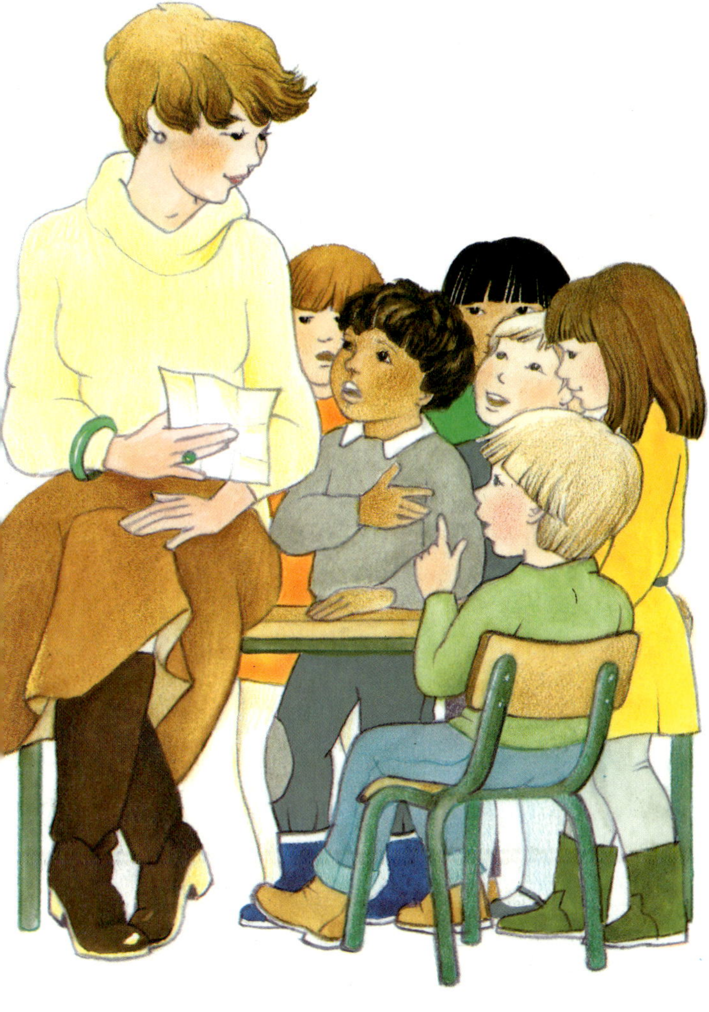

Après les vacances de Noël, Biscotte met de nouveau longtemps à leur écrire.

Enfin, elle dépose une lettre où elle raconte qu'elle a eu encore un gros malheur : elle s'est foulé la patte en glissant avec Tartine dans la boîte à sel. Maintenant, elle va mieux.

Alors, ils lui racontent leurs malheurs à eux.

– Moi, mon pépé est mort. Je suis triste. Je l'aimais bien.

– Moi, je suis tombé du vélo, je me suis fait mal au genou.

Et puis, ils lui posent aussi plein de questions :

– Biscotte, pourquoi tu as dit que tu ne ferais pas de crottes ? C'est pas vrai, j'en ai vu. C'est sale.

– Biscotte, est-ce-que tu nous écriras jusqu'à ce qu'on soit morts ?

– Pourquoi tu ne nous portes pas beaucoup de lettres, encore plus de lettres ?

Et ils lui mettent dans l'enveloppe plein, plein de beaux dessins au feutre.

Pendant le mois de janvier, ils font beaucoup de cadeaux à Biscotte :

- des bouts de fruits confits des gâteaux des rois ;
- de la ficelle dorée ;
- des petits bouts découpés de beaux papiers de Noël ;
- des miettes de gâteaux des rois ;
- et surtout : de belles couronnes de rois toutes petites, juste à la taille d'une tête de Mulotte.

Ils lui écrivent :

«Mulotte, il faudra bien les plier un peu pour les rentrer dans ton trou, mais après, les plis s'en iront et tu seras très belle avec.»

Mulotte répond que c'est vrai : les couronnes lui vont drôlement bien.

Au mois de février, le temps se gâte. La pluie se met à tomber. Elle tombe pendant toute une semaine.

Et Biscotte leur écrit ce que la pluie a fait dans son trou :

Mes petits amis chéris,

Nous avons été INONDÉS. Toute notre réserve de graines a été mouillée. Mes parents sont furieux, et l'oncle Molette a juré avec de vilains mots. Mais moi, au fond, je trouve ça drôle : toutes les graines mouillées ont germé, et ça nous fait plein de plantes vertes dans notre trou.

Bisous moustachus,

Biscotte Mulotte.

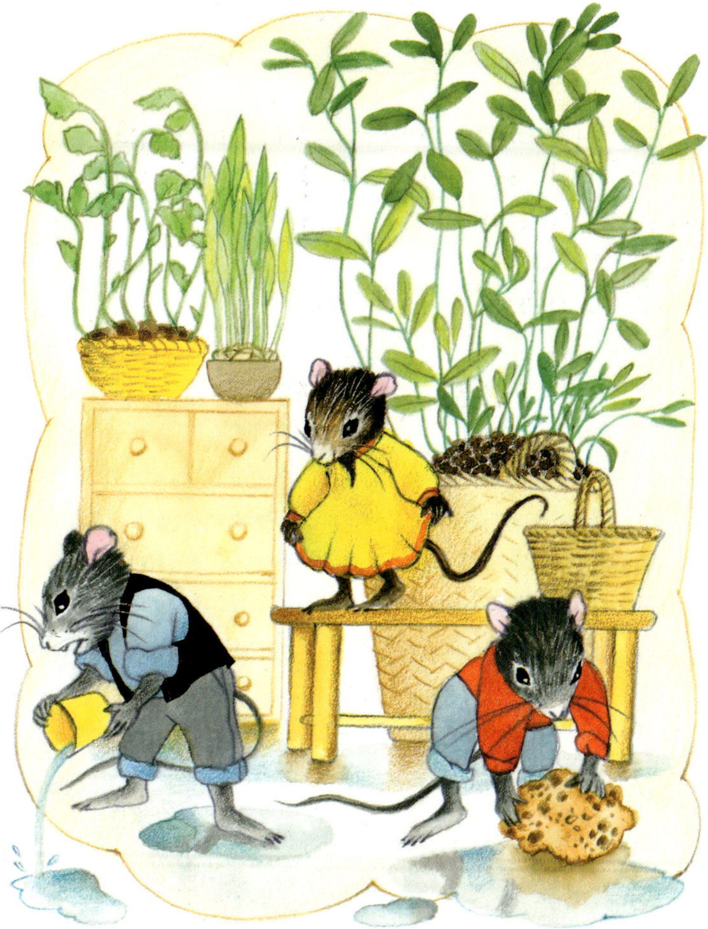

Les enfants répondent à Biscotte en lui racontant qu'il y avait plein d'eau dans leur maison à eux aussi, plein de flaques qui passaient sous les portes et de gouttières qui fuyaient.

Mais c'est dommage : ils n'ont pas de réserves de graines et c'est moins drôle.

Alors, avec la maîtresse, ils ont une idée. Et le lendemain, ils apportent :

- des pois chiches ;

- du blé ;

- des haricots ;

- des lentilles…

Et puis la maîtresse met du coton et de l'eau dans des soucoupes, et jour après jour, les enfants surveillent les graines qui germent, qui poussent, et qui font une petite forêt verte, comme chez Biscotte.

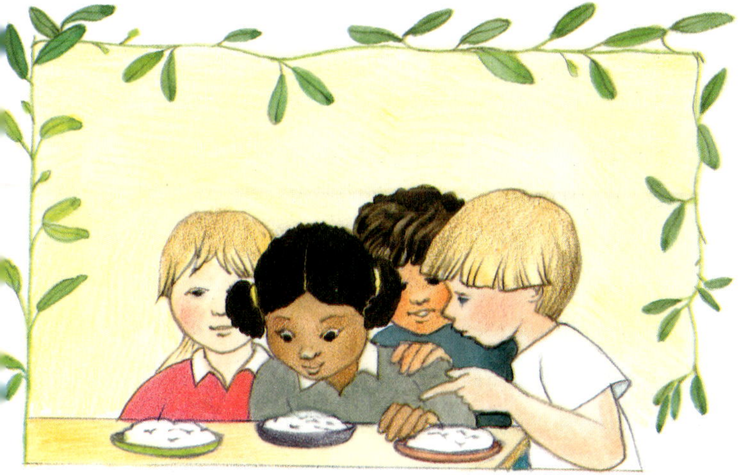

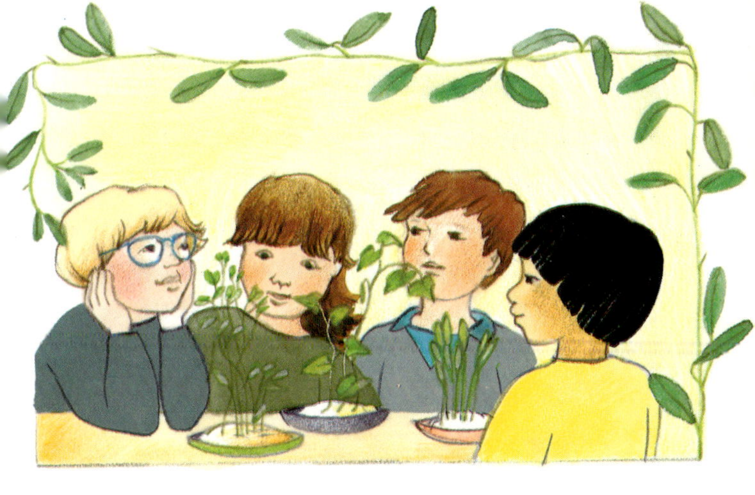

Un jour de printemps, les enfants décident d'écrire tout seuls, sans la maîtresse, en utilisant l'imprimerie :

biscotte mulotte

Ils l'impriment en rouge, tout au milieu d'une feuille. C'est superbe. Ils envoient la feuille à Biscotte. C'est la première fois que Biscotte va voir son nom imprimé, elle sera sûrement très fière.

Les amandiers sont en fleur maintenant. Le soleil réchauffe la terre. Il y a des tulipes dans la cour.

Mais la lettre que les enfants trouvent ce matin n'est pas joyeuse comme le printemps.

Mes petits amis chéris,

*Je vais partir.
Je vais déménager avec mes
parents. Et aussi, bien sûr,
oncle Molette. Le docteur dit
que j'attrape trop de rhumes,
et que je dois aller habiter
dans un pays chaud.
Nous allons partir pour la Tunisie.
Mon papa a un cousin qui
habite sur un bateau. Alors nous
prendrons un camion de légumes
et nous irons à Marseille et
nous monterons sur le bateau.
Nous traverserons la Méditerranée.
Je serai bien triste de ne
plus vous voir. Mais peut-être
qu'un jour je reviendrai.*

Bisous moustachus.

Biscotte Mulotte,

Alors les enfants crient :
– NON ! NON ! NON !

Ils disent à la maîtresse d'écrire très vite :
– Il ne faut pas que tu partes.
– Tu auras le mal de mer en bateau.
– Tu n'as qu'à taper le docteur.
– Guéris-toi vite et reviens.

La maîtresse écrit tout ce que les enfants demandent, et puis ils signent tous leur nom tout seuls, parce que maintenant, ils savent bien l'écrire.

Maintenant, il n'y a plus de lettres dans la boîte.

Biscotte Mulotte est partie.

Les enfants parlent de la Tunisie et de l'Afrique avec la maîtresse. Ils regardent la grande carte, et la mer toute bleue qui les sépare de Biscotte.

Ils imaginent Biscotte sous les palmiers, en train de manger des dattes.

Et puis ils font une grande grande peinture, tous ensemble, sur un grand carton.

Une peinture avec plein de mulottes dessus.

Ils l'accrochent dans la classe,
et ils se disent :
« Peut-être qu'un jour,
Biscotte Mulotte reviendra. »

Aubin Imprimeur, Poitiers - 04-1991 - Flammarion et Cie, éditeur (N°16749)
Dépôt légal : mai 1992 - N° d'impression P38829
Loi n° 49-956 du 16 juillet 1949 sur les publications destinées à la jeunesse